꽃에 기대어 살았다

이건숙 시와 사진 冊

톺아보고 크게 보는 출판사
도서출판 돋보기의 크게 보는 책

꽃에 기대어 살았다

2021년 12월 10일 1판 1쇄 찍음
2021년 12월 10일 1판 1쇄 펴냄

글·사진
이건숙

펴낸이
이성수

펴낸곳
도서출판 돋보기

디자인
박진한

인쇄 및 제책
새한문화사

ISBN 979-11-958492-4-6 03800

도서출판 돋보기

등록번호
(979-11) 958492

주소
경기도 구리시
건원대로99번길 99 성윤빌딩 3층

전화
031-568-7577
010-9877-7567

팩스
031-568-7577

이메일
iamparang@naver.com

서시

떠나야지.

나처럼, 나답게
지구 한 바퀴 여행하고 싶다.
잘 돌아오기 위해서
지도책도 준비하고
카메라도 챙기고
배낭 깊은 곳엔
작은 풍선을 가득 쟁여 넣는다.

여행 준비하고
오늘도 잠들며
벽지 덮은 어두운 허공에게 일러둔다,
새벽에 출발할 거라고 .

날마다 꾸는 꿈이니 영글겠지.

내일은 진짜 떠나야지.

2. 화사하고 아름답게 마음 아픈 날

3. 풍경에 기댈 때도 있지

4. 이별을 말하는 순간

5. 먼 길 떠나신 임

머리말

사진을 아주 늦게 시작했습니다. 작은아들이 학생
신분으로 모아놓은 돈으로 엄마의 재능을 발굴하고,
취미 생활하라고 사 준 카메라를 지금껏 친구 삼아
방방곡곡 함께 여행했습니다. 아들에게 고맙다는
인사를 제대로 못했네요. 고맙다, 아들아!

차곡차곡 쌓아 두었던 사진과 글이 서랍 속 한쪽
귀퉁이 검은 가방 속에서 아우성을 치고 있었습니다,
제발 부드러운 햇살과 바람을 만나고 숨 쉬고 싶다고.
그래서 문득 결심했습니다.

"그래, 도전하자. 사진과 글에 햇빛을 쐬게 하자."

꽃에 기대어 살았다

살다 보니 나를 낳아 주신 엄마가 가장 아련합니다.
엄마는 어쩌자고 나를 낳고는 행복하게 함께 오래오래
살지 못하고 혼자 떠나셨을까요? 엄마가 되고 나니
엄마라는 그 이름이 더 사무칩니다. 사무치는 게
엄마뿐이겠습니까. 아들, 딸, 며느리도 눈에 밟히고,
요즘 참으로 힘들게 살고 있는 젊은이들을 보면 가슴이
아픕니다. 오래 살다 보니 아주 먼 곳으로 떠난 사람들은
왜 이리 많은가요? 모든 이에게 위로가 되고 싶습니다.

이 세상 태어나서 이렇다 할 자랑거리도 없이 먼지
가득한 잡초더미 속에서 숨 죽여가며 살아 왔습니다.
살아 내는 인생이 너무 힘든 날도 있어서 극한 선택을
시도하기도 했습니다. 그렇지만 이 세상에서 제일 멋진
남자 만나 지금껏 잘 살아 내고 있습니다. 여기 실린
사진과 글은 살아 오면서 겪은 삶의 질곡입니다.

어느날 우연히 만난 시동아리에서 큰 꿈이 내 심장
가득 차오르고 있다는 걸 알아차리고 이렇게 글과
사진에게 찬란하게 빛나는 바람을 불어넣어 주기로
했습니다. 그동안 복잡한 공간에 있던 나의 사랑하는
글과 내 마음을 담은 사진을 큰 바다로 보내 주기로
했습니다. 많이 응원해 주세요.

꽃에 기대어 살았다

이 책이 만들어질 수 있도록 아들, 딸. 며느리, 그리고 내가 죽도록 사랑하는 내 사랑 내 님이 도와주어서 너무 행복합니다. 아울러 책 출간에 힘 보태 주신 도서출판 돋보기 이성수 대표님께 진심으로 감사 드립니다.

엄마라는 시

꽃에 기대어 살았다

지워지지 않는 얼굴이 있다. 언제나 잊지
못하는 얼굴이 있다. 가을 저무는 창가에
서 있거나 겨울 눈 내릴 때,
여름날 비 내리는 날 나를 닮은 사람이
창가에 어슴푸레 보인다. 참 오랫동안
내 안에 남아 있는 사람….

그 사람이 다시 한번 내 이름을 불러 주면
안 될까? 내 이름을 지어 주고는 이제 와서
그 사람은 내 이름을 부르지 않는다.
내 옆에 있어 주면 안 되나?
나의 그림자를 만들어 준 사람…, 엄마!

꽃에 기대어 살았다

엄마라는 시

문득 편지를 쓰고 싶다.

"엄마 잘 지내지?"

편지를 쓴다.
갑자기 연필 끝이 흔들린다.

왜 엄마라는 글자는
종이 뒷장까지 번지는 슬픔으로 내게 오는가?
눈물이 먼저 글을 쓴다.
연필 끝이 흐릿하다.

꽃에 기대어 살았다

엄마는 눈물인가.
엄마라는 단어는 눈물로 쓴다.
늘 그랬다. 엄마는 내 앞에 이슬비로 나타나
주소도 없이 소리 없는 아픔을
주고 떠난다.

아침 햇살에 이슬이 되어
붉은 장미꽃 위에 엄마는 그렁그렁 찰랑인다.

오늘도 편지는 수신인을 찾지 못하고
붉은 장미꽃 위에 눈물 자국만 남긴다.

"엄마 잘 지내지?"

가을 김치

나를 낳은 엄마는 무슨 양념을 버무려
뱃속의 허전함을 채웠을까?
시절 좋아 김치도 어쩌다 한 번 한다.
김치냉장고가 열일한다.
어제는 아주 오랜만에 싱싱한 무 사서 빨간 옷 입히고
몸단장시켜 딸네 한 통 주었다.
우리 집 냉장고도 부자됐다.
허전함이 사라지는 아침이다.
엄마 얼굴 닮은 가을 김치!

꽃에 기대어 살았다

고운 날

저 멀리 늙은 산 뒤로 붉은 미소 보내는 아침.
부드럽게 퍼지는 햇살 아래 겨우내 묵은 때
벗겨내듯 이불을 빤다.
하얀 거품 뒤집어쓴 이불이 세탁기 창문 너머로 웃는다.
습기 머금은 이불 툭툭 털어
건조대 높이 걸쳐 놓고 보니
냄새가 참 이쁘다.
어린 시절 묵직한 이불 속에서 엄마와 함께 있던
그 고운 날, 그 냄새를 닮았네!
겨울 때 벗겨 낸 이불이 뽀얀 햇살 아래 눈부시다.
꽃잎 문 바람은 그네를 탄다.
난 그 안에서 엄마 젖무덤 만지작 만지작….

당신의 엄마

굴비 한 토막 온전히 다 못 먹고
아이들 앞으로 슬그머니 밀어 놓는다.
흔한 달걀프라이도 온전히 다 못 먹고
아이들 근처로 밀어 놓는다.

여보 당신 더 먹어요!
응, 난 다 먹었어!

남편은 당신 몫으로 돌아오는 젓가락질에도
맘 놓고 자유롭지 못했다.
어느 날 내가 아파 보니 그 맘 거울처럼 다 보인다.

있잖아…, 이 다음에 내가 다시 태어나면
당신 엄마로 태어나 줄게!
당신 부모에게도 받지 못한 사랑 듬뿍 줄게!
당신 밥 수저 위에 고등어 가시 발라서
듬뿍 얹어 줄게!

개

갑자기 잠이 오지 않습니다.

골목골목 걸어도 머리는 아프고,

잠시 눈을 붙여 보려 해도 머릿속은 온통 고독입니다.

쓸쓸함, 외로움…, 모두 같이 밀려옵니다.

늘 나를 괴롭히는 존재들!

사람과 사람에 대한 아픔은 아니랍니다.

그저 내가 가는 길이 조금 외졌을 뿐이죠.

난 항상 눈이 늦게 트여서 어슬렁거리는 골목조차

굴곡이 심할 따름입니다.

무엇이든 내게 다가온 것들의 실험대상이죠.

그 누구보다도 몇 배나 노력해야 하는 나의

운명 아닌 운명이죠.

과연 네가 해낼 수 있어?
그럼 네 맘대로 해.

그러고는 늘 난 상념으로 너덜거리는
혓바닥 하나를 맡겨두고 방임해 버립니다.
난 어쩌란 말입니까?
그냥 남은 시간
잠을 청해 봐야겠습니다.

좀 있다가 첫닭이 울면 나의 어머니가
산고의 고통에서 벗어나던 시간입니다.
지금, 이 순간 엄마라는 단어는
왜 내 눈에 번지는지 모르겠습니다.

꽃에 기대어 살았다

영정

딴 나라에도 영정사진이 있을까요?
해마다 수많은 영정을 찍습니다.
예쁘게 화장하고 곱게 차려입고
손은 다소곳이 어깨 펴고
나와 마주한 노인의 눈빛을 봅니다.
노인의 지나간 얼굴엔 수많은 이야기가 줄 서 있습니다.
활짝 웃으라 해서 웃지만 참아 온 세월이 가득합니다.
눈가엔 이슬이 촉촉합니다.
들킬세라 나를 외면합니다.
행복하게 지내십시오.
오늘을 저장해 드릴게요.

꽃에 기대어 살았다

봄···. 기억

봄이 오는 길목으로 봄 마중 다녀왔다.

발아래 겨울빛 너머 갈색 낙엽 들추어 보았다.

아직은 감감무소식····.

아직은 이른가 보다.

명절 전날이면 엄마는 문지방을 넘어와 앉아

아들을 기다렸다.

명절이 자정으로 가는 시간, 엄마는 대문에 나갔다.

발뒤꿈치 들어 동구밖 먼 신작로

길모퉁이 바라보다 들어오시곤 했다.

엄마의 명절은 아들을 기다리는 날.

이른 봄이었다,

아들을 기다리는 봄.

꽃에 기대어 살았다

길

양수리 둘레길 걷는다.
잘 만들어진 길, 늘씬한 나무들이 하늘 향해
구름 잡을 듯이 자라고 있다.
다정한 사람들은 나무 사잇길 따라
느리게 걷는 하늘을 본다.
이 나무에서 저 나무로 옮겨 다니며
새가 지저귄다.
길이 시작하는 이곳에 서서 저 끝
길을 넘겨 본다.
저 끝에 가면 외딴집 하나 있을까.
거기, 엄마가 있을까.
시작이라고 생각했던 이곳이 혹시 길 끝은 아니었을까.

어디쯤

"꽃잎은 바람결에 떨어져 강물을 따라 흘러가는데
그렇게 쉽사리 떠날 줄 몰랐네…."

한마디 약속도 없이 떠난 그 사람.
전영의 노래 '어디쯤 가고 있을까'
입에서 종일 웅얼거린다.
사람은 떠나고 노래만 입안에 남는다.
50년 전 나에게 아무 약속도 하지 않고 떠난 그 사람 엄마.
왜 하필 황량한 벌판에 낙엽처럼 서 있는 나에게
그 꽃잎이 떠오르는지….
난 몰랐다, 엄마가 무엇을 의미하는지.
그저 태초의 내 집을 말하는 단어로만 생각했다.
애끓는 사랑은 느껴지지 않았다.

꽃에 기대어 살았다

그저 부모님이라는 명사일 뿐이었다.
어두컴컴해지는 저녁 노을보다 붉은,
사라진 옛말이라고 생각했던 적이 있었다.
그저 나를 잉태하고 출산한 사람으로만 알았다.
내가 엄마 되어 알았다.
어딘가에서 나의 안타까운 소식을 듣는다면 단숨에
달려왔을 사람이 바로 엄마라는 걸.
벌컥 문을 들어서며 "너 괜찮니?" 하며
토끼눈을 뜰 사람이 바로 엄마라는 걸.

엄마, 사랑하는 엄마!
나의 소식을 들어도 놀라지 마세요.
그냥 잠시 아플 뿐입니다.

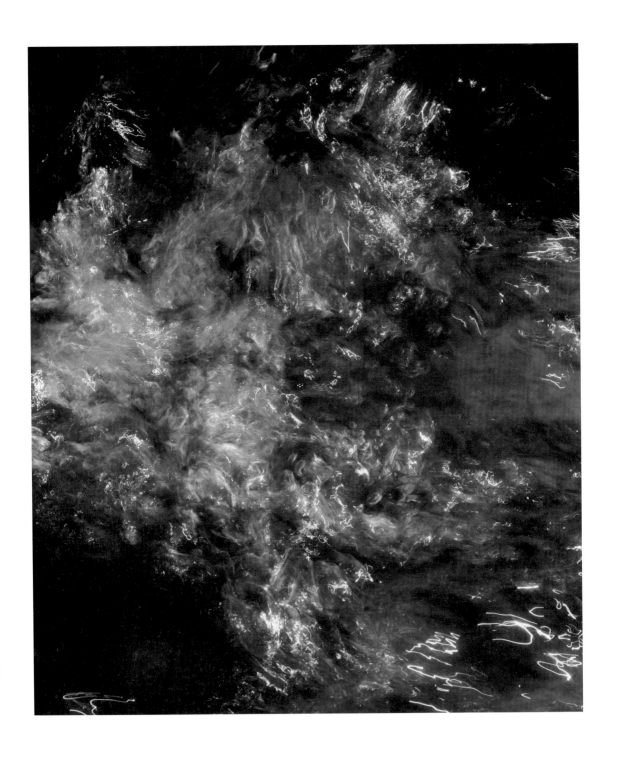

꽃에 기대어 살았다

꽃에 기대어 살았다

좋은 향기는
눈에 보이지 않아도
사람을 보듬을 줄 압니다.

새벽에 눈 뜨면
제일 먼저
꽃 생각이 났으면 좋겠습니다.

아프지 마라.
지치지 마라.
힘겨워하지 마라.

피어나는 꽃도
지는 꽃도
모두 함께 내게 하는 말

나의 꽃들이
꽃의 이름만으로도
당신에게 힘을 주는
용기가 되었으면 좋겠습니다.

좋은 향기 닮은
꽃처럼 살고 싶습니다.

화사하고 아름답게 마음 아픈 날

꽃에 기대어 살았다

젊음은 나이가 어려서 좋은 것이 아니라
삶의 바닥까지 파고들어갈 수 있는 힘이
있어서 아름다운 것이다. 청춘이 아프다.
하지만 청춘이 아니고서야 자신의 아픔을
바닥까지 파고들어가 핥고, 위로해 줄 수
있는 나이는 없다.

여울에는 꽃이 많다. 바닥이 얕아 꽃의
속내까지 다 보인다. 물살이 빨라 흔들리는
꽃의 살냄새가 강 아래로 번져 간다.
나도 여울을 건넜고, 내 아들 딸도 그 푸른
힘겨움을 다 건넜다. 청춘은, 아프지만
건너야 하고, 건널 수 있는 강일 뿐이다.

꽃에 기대어 살았다

반달

달은 뜬다는 말도 없이 뜨고

내가 먼저 버리자.
분노, 슬픔, 억울함으로 사라진 달의 반쪽.
그의 비정함,

오늘 밤 안에
되새기며 곱씹으며
욕하고 물어뜯고
발톱을 세워
보기 좋게 할퀴어 보라고 해라.

꽃에 기대어 살았다

밤 사이 허덕이고 뒤척이며
서운한 배신을
창문 밖 하얀 달이 지는
이른 아침
내가 먼저 던져 버리자.

까짓거, 날 가지고 물고 뜯어 봤자 자신들 일이지.
난 그냥 내 자리에 있는 나니까.

달은 진다는 말도 없이,
그나마 남아 있는 반쪽 흔적마저 지우지 않는가.

꽃에 기대어 살았다

바람으로

길을 걷다가 바람의 머리카락이 됩니다.

바람이 숲의 수많은 소리를 만납니다.

작은 민들레 꽃들은

바람의 향기로 세상을 이야기합니다.

바람의 삶은 서로 엉키거나 뭉쳐 있지 않습니다.

어디서 만나든 해맑은 웃음을 봅니다.

한낮의 햇살이 지나가도 바람은 얼굴 붉히지 않습니다.

길을 걸으며 바람이 되어 보세요.

물들어 가는 저물녘에 당신을 물들이세요.

어둠에 깊어 가는 내 마음 골목길 서성이는 당신은

무수히 많은 별빛입니다.

무수히 빛나는 소식입니다.

산산히 흩어진 바람입니다.

예뻐지는 시간

멀리서도 날 알아보는 시선이 따가울 때가 있다.
다리가 길어지는 시간.
부드러운 햇살은 등 뒤에서 나를 보듬어 준다.
"괜찮아, 넌 너다워서 좋아."
난 길어진 햇살 아래서 자꾸 웃는다.
나도 하루 두 번은 키가 커질 수 있다,
늦은 저녁과 이른 아침 햇살은….
날씬해지고,

하루에 두 번만 예뻐지면 족한
봄꽃의 기억 아니겠는가?

하늘은 본다

저 하늘은 왜 그림자가 없나?
구름도 그림자 있고
저 산도 저물녘마다 그림자 길게 뻗어 놓는데
저 하늘은 왜 내가 밟을 수 있는 그림자가 없나?
왜 새 한 마리 날지 않는가?

내 꿈은 왜 그림자가 없나….
왜 내 꿈을 밟고 지나가는 사람도 없나?

인생 차

따뜻한 햇볕 한잔하세요.
알사탕 같은 무지갯빛 햇살 한잔하세요.
장미꽃 수 놓은 다기를 준비하겠어요.
둥근 탁자가 있는 강변
고운 돌들 자갈거리는 여울가에서
물들어 가는 잘 익은 저녁 햇살 한잔해요.
저물어 가는 당신의 한숨 소리에
내 귀를 베이고 말았지만
아직 꽃은 열흘 동안 붉을 것입니다.

꽃에 기대어 살았다

상처

아름다운 마음을 가진 사람은 바라보는 시선도 아름답겠지.

그랬으면 좋겠다.

내가 정말 그랬으면 참 좋겠다.

내게 보이는 눈빛들이 모두 아름다운 모습이길

진심으로 바란다.

내 깊이 숨어 있는 마음도 아름답기를….

울컥이는 마음 도로 삼키면

가슴 한쪽에 깊은 상처 모아 두는 창고가 있지.

그 창고 지붕에 다시 꽃이 무성하길

허망하게 바랄 뿐이지.

참 마음이 아픈 날에는….

꽃에 기대어 살았다

사랑한다

또 다른 계절은 아침에 문득 열어 놓은 창문
바람과 함께 온다.
내 앞으로 오는 사람은 모두 또 다른 계절.
춥든지 덥든지
아침에 만나는 계절과
열렬히 사랑하며 살 거다.
우리 함께라면
또 다시 첫장을 펴 놓은 새로운 계절이
안개 자욱한 강에서도
아침 햇살을 내어 줄 거라 믿는다.

내일은 너라는 계절이 밝아 오겠지.

내 안에 나

초겨울 첫눈 내린 원대리 자작나무 숲 혼자 걸어 본다.
발아래 작은 돌들이 햇살에 물드는 이야기,
고개 들어 보면 가슴 시리도록 파란 하늘,
골짜기 샘물에서 들리는 소곤거림….
그곳에 내가 섞여 있다.
작은 숲에는 항상 나를 이끌어 주는 오늘
그와 마주쳤다.
널 만나게 되어서 고맙다.
사랑한다.
내 안에 나!
어려움과 시련, 비바람이 닥쳐도 지금처럼 희망을 안고
함께 가자.
사랑한다. 내 인생의 불쏘시개, 이건숙….

소소한 아침 일상

관심은 희망이고 발전이다,
오늘의 관심,
그게 무엇이든 간에.

그 순간
네가 빛나고
덩달아 나도 빛나지 않더냐?

길에서 만난 사생활

소나기 핥고 지나간 다음의 태양과,

별들 가득 저축한 밤하늘과,

별빛마저 흔드는 바람….

내게 오는 사람들의 웃음 한 장면이 있으면

나의 모자람도 꿋꿋하게 버텨 낼 수 있다.

작은 걸음으로 오는 너와 함께라면 나는 무너지지 않는다.

버텨 낼 용기와 희망은 얼마나 소소하고 작은 사진이냐?

너는 나의 외길 인생 꿈이다.

지금은 보잘것없는 한 장의 이름으로 있지만,

너와 함께 가는 아침 숲은 농담만으로 충분히 걸을 만하다.

우리는 세상 사람들을 놀라게 할 보물을 찾을 거니까.

꽃에 기대어 살았다

난 이른 아침 눈을 뜨면 널 먼저 보는 습관이 생겼지.
오늘도 푸른 하늘을 네모 상자에 담는다.
그 순간 엄지손가락으로 찰칵 꿈을 피우는 미래로
한 발짝 다가간다.
길에서 만난 하늘과, 꽃이 파랗게 웃고 있는
사생활을 들여다본다.

간밤에 하늬바람과 정분나 야반도주한
느티나무 이파리 곁으로
소문이 자자하게 모여 있다.
핸드폰 카메라 갤러리 저장 공간에 슬쩍 담아 본다.

살아남기

바람이 민들레 홀씨 흔들어 깨워 모셔 옵니다.
아무 데나 내려 드립니다.
아스팔트에서도 홀씨는 민들레로 훌쩍 자랍니다.
민들레만 그런 게 아니지요.
길에서 만나는 애기똥풀꽃이나 큰개불꽃이나 토기풀도
스스로 제 키를 키웁니다.
톱니 닮은 잎 동글동글 잎 위로 노란 꽃 하얀 꽃 피워가며
스스로 살아갑니다.

스스로 살아가는 것만큼
밝은 달은 없습니다.

꽃에 기대어 살았다

꽃을 품은 의자

연분홍 진달래가 긴 의자를 품고 있다.
어떤 이는 슬픔을 고백했을 거야.
어떤 이는 사랑을 맹세했겠지.

난 꿈을 고백했어.
세상과 한번
붙어볼 만하잖아?

진달래 긴 의자가
내 뒤에 있는데, 뭐!

그 아이

꿈 많던 아이

세월에 젖어 있다.

저녁 노을에

철든 상처

다 젖어 있다.

꽃에 기대어 살았다

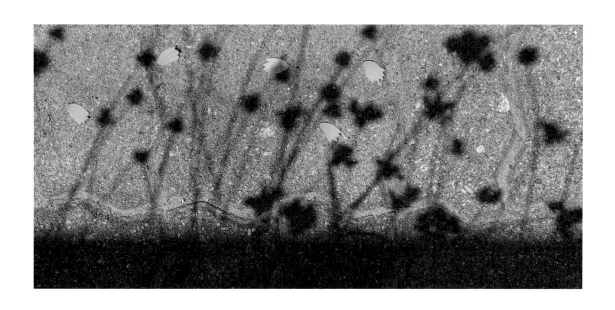

화사하고 아름답게 마음 아픈 날

꽃에 기대어 살았다

화살표

길을 가르쳐 줄 사람이 있을까?

지금 가는 길이 가장 빠르고 옳은 길이라고….

주차장 화살표 앞에서 내 맘을 담아 본다.

화살표가 지시하는 곳을 가야 하는 건지,

아직 내게 맞는 화살표를 만나지 못하고 있는 건지….

출구라고 씌어진 화살표를 따라가면

내 삶의 밖으로 가는 길이 있을까.

겹침

때로는 너의 시간

나의 시간이 겹칠 때가 있다.

밤 열두 시 쾌종시계 소리와

부엉이 우는 산의 울림과

고라니의 울부짖음이

어울리지 않게 어울릴 때가 있다.

흙으로도 메울 수 없는 놓쳐 버린 시간들.

너와 나의 겹친 상처로 서로 울부짖을 때가 있다.

잠시 안개 속에 갇혔을 뿐이다.

상처는 서로 아물기 위한 시간.

오해는 겹침이다.

상처가 상처를 쌓고 그 위에 상처가 덧칠되는 겹침.

친구

혜영이가 나를 꼬셔서 간만에 돌다리시장 구경했어.

역시 시장은 사람 사는 맛이지.

사려는 사람은 얻는 즐거움,

파는 사람은 돈 버는 즐거움.

구경하는 사람은 호기심,

깍쟁이 우리 공주는 엄마 주머니 터는 즐거움,

나는 털리는 아쉬움.

결국 겨울 코트 하나 건지고 덤으로 빨간 티까지 얻은

고년은 신이 났다. 깍쟁이 계집애….

그래도 난 그 유혹이 얼마나 신나는지.

다 큰 딸과 시장 구경하며 핫바도 먹고

떡볶이도 먹으며 잠시 어린 친구가 되었다.

꿈처럼 웃는 내 사랑하는 것들.

풍경에 기댈 때도 있지

꽃에 기대어 살았다

어릴 적 추억은 푸른 하늘이나 마을
어귀에서도 보이는 동네 한가운데 커다란
느티나무에 기대어 살고 있다. 내 생각이
몸에 기대어 씨줄과 날줄을 직조해서
나오듯이…. 누군가 나의 풍경이 되어 다오.
나도 당신의 풍경이 되겠다.

왼발, 오른발…, 내가 너의 손을 잡고 걸을
때 너는 오른발, 왼발…, 로 걷는다.
내가 왼손을 앞으로 내밀 때 너는 오른손을
앞으로 내밀며 걷는다. 너의 오른발이 나의
왼발 뒤에 있는 풍경이고, 너의 왼손이 나의
오른손 풍경이다.

꽃에 기대어 살았다

허둥대는 날

이상하게 아침부터 계속 허둥댔다.
우체국에서는 우편 수신자 전화번호 빼고 기록하고,
돋보기안경 팽개치고 나왔다.

손님, 이거 가져가셔야지요.
어머! 돋보기가….

돋보기가 한심한 듯 우체국 책상에서 째려본다.
칠칠찮긴!
점심 먹고 식당에 휴대전화기 두고 한나절 돌아다닌다.
가방 다 뒤져도 휴대전화기가 없다.
전화해도 안 받는데 식당에 가 보니 자기가 주인인 양
계산대 맨 앞자리 차지하고

오는 사람 가는 사람 눈인사 나누고 있다.
참 몹쓸 놈이라고 휴대전화기만 탓한다.

고객님! 과자 가져가세요.

마트 계산원 아줌마가 상냥하게 날 불러 세운다.
집에 오면서 먹으려던 과자를 나 몰라라 두고 나왔다.

뭐죠, 이런 행동?

실수도 한두 번인데 온종일 이러고 다녔지요.

내가 왜 이러죠?

당당한 착각

40년 넘게 새벽 5시면 아침상을 차린다.
알람 없이 자동으로 눈뜬 지도 10여 년,
하루도 안 거르고 꽃으로 장식한 아침상 차린다.
아이들이 크면서도 아침상 거른 적이 없다.
누구 하나 투정 부리지 않고 젓가락 숟가락
밥 더 줘 밥 더 줘 노래를 한다.
물 한 잔도 냇물 소리 내며 얼마나 맛있게 마시는지….

엄마 다녀오겠습니다.
차 조심하…,

가방은 어깨 위에 있는지 질질 끌려가는지.
이미 내 잔소리는 귓가에도 안 걸리는 모양이다.

그 많던 밥은 다 어디로 갔지?
며느리에게 말해 주었다.
우리 식구들은
한 번도 밥투정 한 적이 없다고.

엄마! 그래서 아빠가 밖에서 자주 드시고 오셨잖아요.

내가 요리 잘하고 밥도 잘하는 여자인 줄 알았는데,
그게 아니라 투정 없이 밥 한 톨 남기지 않고
'맛있게 먹어 주는' 가족이 있었던 거다.
너무나 당당한 착각을 하고 있었던 거다.
아들이 커서 제 짝 만나 결혼할 때에야 알았다.

솜뭉치 만들기

구름이 느티나무 잎을 흔든다. 내가 그린 기린 그림은
잘 그린 기린 그림이고 니가 그린 기린 그림은 잘 못
그린 기린 그림이다. 내가 그린 기린 그림은 긴 기린
그림이냐, 그냥 그린 기린 그림이냐? 목이 긴 기린은
그 하늘에 희롱당하면서도 좋아라 긴 목을 하늘 높이
목청껏 노래한다. 그린 구름그림은 새털구름 그린
구름그림이고, 네가 그린 구름그림은 깃털구름 그린
구름그림이다. 나는 솜돌뭉치 만들어 그 하늘에 힘껏
던져 보다가 미장원 찾아가서 내 머리 꼬불꼬불 라면발
만들었다. 나른한 오후 달콤한 한잠 끝. 나의 머리
솜뭉치가 하늘을 날고 있다.

꽃에 기대어 살았다

봄 만들기

왕숙천은 오늘도 분주하다.

오리도 키우고,

냉이도 키우고,

느리게 걷는 바람도 키운다.

물아래 물고기들은 지난 겨울이 평안했다.

겨울철새와 숨바꼭질하느라 고생 많았을 테지만

추위도 이겨내고,

끝내 봄기운으로 일렁이지 않으냐.

느리게 걷는 봄꽃 향기 속에서

애기 들풀의 계절을 듣는다.

내가 007은 아니지만

설 명절이라고 멀리 있는 아들 내외가
영상통화로 설날 첫 절 올리고,
예비 사위가 아침 첫 손님으로 인사 다녀갑니다.
내 사랑하는 귀한 꽃들이지요.
얼마나 고마운 일인가요?
이 세상에 비천하게 태어나 60 인생 마중합니다.

힘겹게 살아온 내 삶에 비루함 마다않고
꽃처럼 함박웃음으로 내게 와 준 선물들.
이 정도면 감사하고 고마운 삶,
아름다운 삶입니다.

누군가 그랬죠, 형제자매는 떠나고 자식은 남는다고요.
늙어서 옆에 남는 자식이야말로
이 세상 가장 큰 선물입니다.
부모 때문에 자식들이 다투는 집도 많아요.

자식들이 부모 때문에 다투거나 멀어지는 일 없이
중심 잘 잡고 살기,
죽기 직전까지 아프지 말기,
부모 때문에 자식 마음 상하지 않기….
내 비록 007 제임스 본드는 아니지만 이제는
막중한 임무가 생겼습니다.

빈 들

먼지처럼 흩날리던 노래는 어디 가고
푸르던 바람은 어디로 갔나요?
멀리 간 그들에게 위로해 줄 시간도 없이,
감사할 시간도 없이….
비도, 노래도, 눈물도 깊어만 가는 터전.
하물며 깊어가는 가을입니다.

떠난 것도, 남아 있는 것도
외로울 줄 알아야 익어갑니다.
비어 있어서 채울 수 있는 것이 많습니다.

꽃에 기대어 살았다

흩어진 낙엽 속을 헤집어 한 잎 추억을 찾아 올리고,
구르는 낙엽 속에서 그리움 찾아내고,
마지막 남은 잎새
작은 가슴 보듬어 주어야 합니다.
남아 있는 작은 씨앗에게 낙엽 이불 덮어 주고
푸근한 겨울잠을 재워 주기로 했습니다.

아가야 잘 자렴.
새봄 오는 날 만나자!

당신을 위한 기도

처음에는 당신을 위한 기도였어요.

당신이 내게 한 짓을 용서할 수 있도록 기도했어요.

내 기도를 들은 신도 모든 것을 용서하라 하셨습니다.

나를 힘들게 하는 당신의 허울을 하나씩 용서하기 시작했어요.

그런데 J!

나를 힘들게 하는 것은 다름 아닌 내 안의 나였어요.

내가 나를 힘들게 하고 있었지요.

결국 지금까지 나는 당신을 위한 기도가 아니라

나 자신을 위한 기도를 했던 거예요.

나를 행복하게 해달라는 기도.

아! 그랬어요.

결국 당신을 위하는 길이 나를 위하는 길이었던 겁니다.

비가 온다, 그립다

하나는 우동 그릇 같고
또 하나는 단무지 닮은
아들 며느리.

맨드라미 피어난 꽃밭에 종일 비가 온다.
그립다.

너와 함께

이른 아침 눈 비비고 너를 먼저 만나

보고 싶은 것 보고,

가고 싶은 곳 간다.

사진은 나의 언어이며 소통이다.

말보다 사진으로 말하는 게 더 편하고 즐겁다.

누군가를 위해서가 아니다.

나의 일상이며 사생활은

강에 쓸려 온 내 삶의 전설을 사진에 담는 일.

늘 지나는 길 학교 담벼락에 액자처럼 피어 있는

장미꽃의 일대기를 남기는 일이다.

나의 마음을 지켜주는 인공지능형 카메라.

내 안에 있는 또 다른 나.

카메라라는 네모 상자

누군가 나와 시선의 끝이 같다는 것이 얼마나 고마운 일인가.
밝은 눈빛으로 등대의 행복을 함께 바라보는 것은
얼마나 아름다운 일인가.
때로는 바닥에 눕는 바람 속을,
때로는 지구의 한적한 바다 끄트머리 위
구르는 파도를 향해서 함께 눈 맞추는 너.

나의 살을 저미고 사라지는 아픔
내가 버린 내 삶의 흔적
내가 잡지 못한 그리움이
말랑말랑해지도록

내 생각을 황홀한 저녁으로 거두어 준다면
얼마나 고마운 일인가.

함께여서 꽃처럼 어여쁜 날이다,
얼마나 고마운 일인가.
딱딱했던 가슴
말랑말랑하고
보슬보슬
달걀 속살처럼….

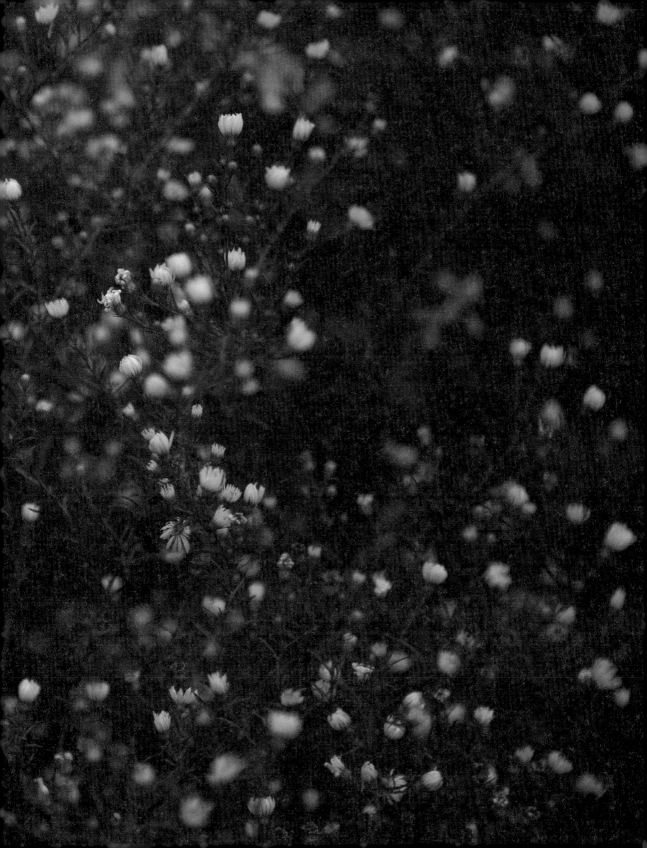

침묵의 깊이

자전거 타고 왕숙천 달린다.
기다란 강물은 오늘도 침묵의 깊이만큼 흐른다.

왕숙천에는 많은 사연이 잠긴다.
하늘을 나는 새들의 아침을 품고
덩치 큰 아파트 창문의 반짝임을 통째로 안고 잠을 잔다.
물고기와 수풀의 사연을 물길에 풀어 준다.

가슴에 매일 침묵으로 흐르는 다른 풍경들.

어떤 오후, 왕숙천 품에 안겨 본다.
내게 남아 있는 흔적을 품어 본다.

꽃에 기대어 살았다

꽃의 여유

봄 끝자락입니다.

산책하기 좋아요.

커다란 나무들 사이로

발목 근처에서 자라는 꽃들이 속삭입니다.

카메라의 눈으로만 보입니다.

느리게 바람 따라 걷다 보면 들립니다.

나의 카메라는 걷다가 다시 되돌아보며 또 찍어요.

가던 걸음 돌아서서 그들과 눈맞춤합니다.

아는 사람만 압니다.

그 작고 사소한 꽃들의

자잘한 이야기.

하늘을 나는 꿈

점포 한쪽 조명 비켜선 자리에서 여행 가방들이 꿈을 꾼다.
아침이면 하늘을 날고,
나비가 되고,
바람이 되고,
새가 되어
태평양을 건너는 긴 여행의 꿈을 꾼다.

진짜 하고 싶은 일을 하면서 살아야 재미겠지만
가방가게 여사장은 생계를 위해
오늘도 꾸리지 않은 가방처럼
가게 한쪽 텔레비전 앞에서 여행 이야기를 본다.

꿈을 텔레비전 앞에 앉혀 놓고
들랑날랑 손님 친구해 주기 바쁜 나날.

아, 여행은 잠시 텔레비전 앞에 둘게요.

가방 집 여사장은
오늘도 빈 여행가방 가득
지구를 덮을 수 있는 지도를 그리워한다.

마음은 이미 태평양을 건너지만
몸은 가방가게 문지방을 넘지 못한다.

꽃에 기대어 살았다

이별을 말하는 순간

꽃에 기대어 살았다

나 이제 갈게. 잘 놀고 잘 쉬다 간다.
그동안 힘들었는데 여기 와서 오랜만에
응어리진 마음까지 다 풀어놓고 간다.
네 덕분이야. 이제 가면 언제 올 지 모르겠다.
아무쪼록 잘 지내고 있어. 조만간 다시 보자.
나오지 마.

가니? 벌써 가? 조금 더 놀다 가지,
집에 먹다 남은 밥풀 붙여 놨니?
그렇게 왔다가 이렇게 빨리 가는 게 어딨어?
점심이라도 먹고 가. 해도 긴데 뭘 그렇게
서둘러? 우리 언제 또 만날 수 있을까?
조심해서 가….

꽃에 기대어 살았다

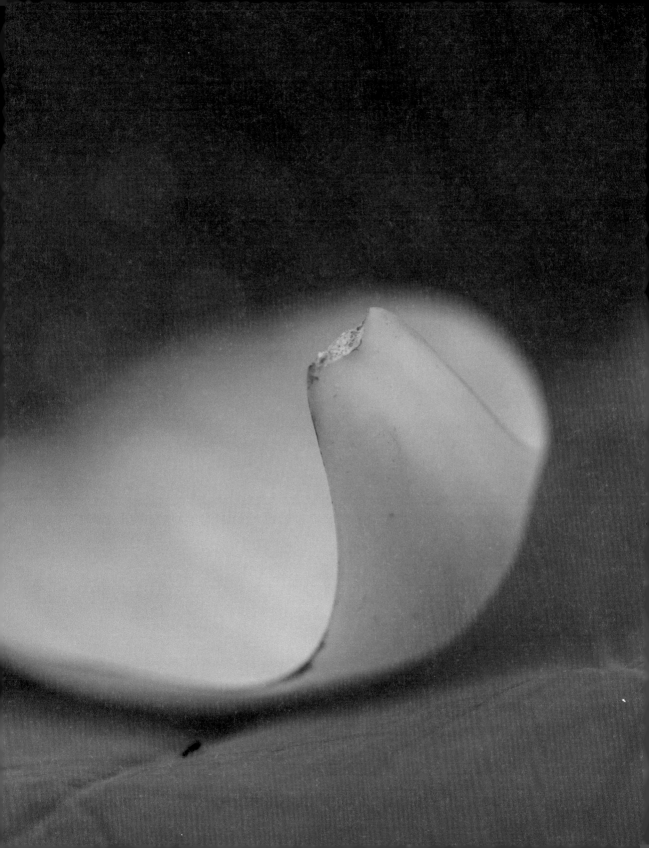

우리 모두 사랑한 꽃

이른 아침 꽃송이 하나
다 피지 못하고 떨어졌습니다.
모진 풍파 견디다
스스로 몸을 낮추었습니다.

얼마나 고독했을까요?
얼마나 외롭고 힘들었을까요?
흔들리는 유리창은 알았을까요?

"삶이란 험난한 세상이란다."
이 말 한마디 해 주지 못했습니다.

꽃에 기대어 살았다

그래도 누구 하나 손 내밀어
위로해 주지 못했습니다.
왜 그렇게밖에 못하냐고 핀잔하고,
다 너의 잘못이라고 야단만 쳤습니다.
하루라도 맘 편한 날이 있었을까요?

그가 한 송이 꽃인 채로 세상과 멀어져 간 오늘.
이제야 모두 깊은 한숨만 짓습니다.

삶이란 내가 바보라는 걸 깨닫는 과정입니다.

그리운 꽃

나의 꽃!
아직 다 피지 못했는데
여린 가지 몇 잎 남겨 놓고 지고 말았다.
가슴에 고여 눈물이 된 꽃.
퍼낼 수도 없이 고인다.

꽃으로 피어난 상처도 아프다.

눈물이라도 쏟아 내면 좀 나아질까.
눈물도 소리 내지 못하고 목에 걸린다.
미어지는 가슴 사이로 문득 그의 흔적이 다가온다.

꽃에 기대어 살았다

내 사랑 경훈아
잘 지내지?

오늘도 네가 그립다.
너는 세상에서 가장 아름다운 꽃이었어.
네가 있는 주변은 항상 밝은 빛이 돌곤 했지.
네가 풀지 못한 삶은 저승길에 내려놓고 가렴.
마음 편하게 발걸음 가볍게 훌훌 꽃잎 되어 날으렴.
다 풀지 못한 너의 꿈이 잘 자라길 응원해 줄게.

경훈아 안녕!

꽃에 기대어 살았다

내 나이 부끄럽지 않게

동구동 어르신들 인생 사진 찍는 날.
오래전에 기획해 오늘에서야 한평생 사진을 만든다.
특별한 일도 아닌데 긴장된 하루.
초대받은 어르신들도 긴장한 모습으로 나와 마주한다.

어르신들 긴장 푸세요.
오늘을 가장 멋진 날로 만들어 드릴게요.
내일은 오늘보다 더 즐거우실 거예요.

그제야 어설픈 미소로 나를 보며 눈인사 건네시는 어르신들.
화장실 한쪽 구석에서 작은 보따리 만지작거리며 한마디 하신다.

꽃에 기대어 살았다

늙어서 추접스럽게 뭔 웨딩드레스여!
난 한복 입을 거여.

내가 정성껏 웨딩드레스를 준비했는데….
한참 뒤에 알았다, 웨딩드레스 입을 거라는 말에
모두 긴장하고 있었다는 걸.
주저하다가 모든 어르신들이 웨딩드레스를 입었다.

그랬다, 누군가 용기 내서 주저하는 일을 시작하면
그 후 사람들은 어렵지 않게 그 일을 할 수 있다.
노인이 된다는 게 정말 부끄러운가.
얼굴 주름살이 많아 창피해서 용기를 못 낸다고 한다.

얼굴에 주름 없이 내 몸이 변하지 않는다면

이 세상 살 만한 가치가 있을까.

세월 가면 어린 나무도 군살처럼 껍질 굵어지고 거칠어진다.

변하는 게 이치다.

창피해 하고 숨길 필요가 있을까.

늘 이뻐야 하고 싱싱해야 한다면 연륜이 필요할까!

나는 나이 들어가는 오늘이 행복하다.

내 얼굴 주름살이 내 삶의 이야기다.

그리고 보니 나도 생의 두 번째 잔칫날이 얼마 남지 않았구나.

나의 잔칫날 내 주름살이 화려하게 빛나길 바란다.

슬픈 추억 하나

깊은 곳에 늘 슬픈 기억 하나.
조그마한 뒤척임에도 슬픔이 먼저 온다.

왜 그렇게 마음이 자주 상처를 입는지
아직도 덜 자란 기억인가.

도리질해도 아픈데
상처는 왜 추억으로 남는가?

내가 바라지도 않는데….

우리 작은 우주 혜영아

우리 두 사람 가장 힘들고 어려울 때

꽃처럼 찾아온 우리 보물 혜영아

너와의 첫날을 잊지 못한다.

작고 맑은 입술을 오물거리던 그 모습이

어찌나 이쁘던지 하늘이 열리고

환한 빛이 내리는 것 같았단다.

네가 웃어 주면 주변은 밝게 빛나고

네가 품에 안기면

심장이 마구 뛰었지.

나를 처음으로 엄마 만든 나의 첫아이.

보석처럼 태어난 네가 내게는

힘을 주는 작은 우주였단다.

푸른 잔디밭을 총총 뛰어다니면 하늘 뭉게구름이

꽃에 기대어 살았다

뭉실뭉실 춤을 추었지.

엄마 아빠 가진 것 없는 어린 나이에 너를 만나

너무 힘들게 해서 가슴 한편이 늘 짠하단다.

그동안 함께 고생해 줘서 고맙다.

구김 없이 잘자라 준 우리 딸 혜영이.

너의 결혼을 진심으로 축하한다.

아빠보다 더 의젓하고 멋진 청년이 너의 반쪽이라니

기쁘고 뿌듯하다.

두 사람 앞날에 어려움보다 좋은 일들이 많길 바란다.

아들딸 낳고 행복하게 너의 일가를 잘 만들어가길

두 손 모아 기도해 줄게.

사랑하고 사랑한다.

리어카

노인이 노인을 바라보는 것이 왜 슬퍼야 하나.
노인이 뒷짐 지고 긴 한숨을 쉬며 걸어 오는 노인을 응시한다.
섭이 윤기 나는 옷을 입은 노인이
종이 박스를 줍는다

"여기는 내 구역이야! 다른 데로 가!"
"아니 여기 떨어져서 줍는데 왜 호통이야!"
"아! 글쎄 내 구역이라니까!"

뒷짐 지고 서 있던 노인이 긴 한숨 품으며 돌아서서
고개 숙인 채 흔들리는 걸음으로 간다.

외로움도 내 것이고, 어려움도 내 것이다.

각자 제 것이라 우기며 싸우는 세상.
남에게 얻어먹고 사는 것도 내 것이고,
나누면서 사는 것도 내 것이다.

빈 리어카는 혼잣말로 중얼거리며 걷는다.

네 구역 내 구역 따지면서 사는 것은 젊을 때 일이거늘
이마저 치열한 세상을 외롭고 어렵다 한탄한들 뭐하나!
세상 어려운 일 모두 내 탓인걸.

들들 거리며 따라가는 리어카가 슬프다.
두 노인이 끌고 가는 리어카가
서로의 옆을 삐걱거리며 지나간다.

나에게 시란

그리움…,
꽃…,
기쁨!
눈물이고 깊은 샘물이다.
나에게 시란…,
어머니이고,
가슴에 품은 꿈이다.
거리에서 돌아와 기억에 남은 삶의 흔적.

나에게 시란 내 아이들의 울음이며,
내 아이들의 아침밥이다.

꽃에 기대어 살았다

그 사람이 없다

내가 살다가 어려움에 맞닿으면
나를 도와 줄 사람이 있을까!
나를 부탁할 사람이 있을까!

지금 이 순간 나를 도울 사람
떠오르는 대로 적으란다.
떠오르는 이름이 없다.
미안하고 송구스러운 사람만 스치고 지나간다.
내게 도움 청할 사람만 보인다.

당신은 달려와 줄 사람이 있습니까?

시 공부하는 날

마음 깊은 상처 씻어 내는 자리.
깊게 팬 아픔 다 도려내고 예쁜 꽃물로 치유하는 자리.
한 줄로 표현 못해도 마음 깊은 내면의 세계
꽃 물들이는 시간.
나의 깊은 가슴속에 박힌 상처는
어떤 색으로 물들일 수 있을까.
사람들마다 시 속에도 상처가 많지.

— 무일푼 칠 남매 맏아들은 쭉정이 빈 봉투 던져 주며
  내 몫까지 살라 했다네.

— 그 옆에 숙이네는 연분홍빛 배롱나무 꽃잎이
  가슴에 상처로 물들어 활화산처럼 분출했다네.

꽃에 기대어 살았다

— 상화네 밥상에 파랗게 질린 시금치나물은 커피가 되어
　 콧구멍으로 역류할 듯 역겹단다.

— 그 옆에 누구네는 허기진 배 채우려고
　 어미의 빈 젖가슴 부여잡고 독수리 발톱처럼 후벼댔다네.

시를 쓰면 그녀들 깊은 상처가 꽃물들겠지.

어느새 내 어린 시절 상처는 여울이 되었네.
내가 어루만진 물결이 이제 나를 어루만지네.

이제야 고백하자면

보이는 건 다 들립니다.

사진 한 장에서 당신의 마음이 들려요.

잠시 들여다보세요.

사진은 귀로 들어요.

음악은 눈으로 들어요.

노래가 몸을 움직이게 할 때 사진은 마음을 움직이게 합니다.

마음이 아픈가요.

가족이 흔들리나요.

추억이 있는 빛 바랜 결혼사진을 찾아 잠시 들여다보세요.

그날의 약속을 말해 줄 겁니다.

당신을 사랑합니다.

그날 얼굴이 촌티나게 굳은 이유는 부끄럽기 때문입니다.

이제야 고백하자면….

아침 풍경

아찔한 즐거움이란 내가 오늘 아침 눈을 떴다는 거.
빨랫줄 옷걸이에 내려앉은 햇살.
살아 있어서 만날 수 있는 풍경들.
뼈와 살이 맞닿은 아버지.
오빠가 보내 준 아버지의 아침 풍경.
이렇게라도 계셔 주셔서 감사하다.
아버지의 하나 남은 치아에게도 감사하다.
가시는 길이 멀지 않기를 바랄 뿐.
너무 오래 힘들지 말기를….
이른 아침 출근길 들러서 기념사진 찍어서 보내 준다.
사진으로라도 보라고.

꽃에 기대어 살았다

고마워요, 오빠!

늘 오빠의 깊은 정을 따라갈 수 없는 나.
감사한 하루 일거리를 주신 오빠.
진심으로 사랑합니다.

활짝 웃는 아버지가 귀엽다.

고향을 팝니다

오늘의 향기는
풋사과 향이랍니다.

노랑 참외는
시골 언덕 향.

수박은 맑은
시냇물 향이죠.

저기 오뚝하니 탑을 쌓고 앉아 있는 딸기는
댕기 땋은 아가씨 향.

나는 맑은 시골 풍경을 파는 시원한 여름 바람.

과일 가게 사장님은
이른 아침에 받아 온
고향을 팔고 있습니다.

먼 길 떠나신 임

꽃에 기대어 살았다

그리운 것은 항상 내 곁을 떠난다.
다 살았으면 이제 떠나는 게 당연하다
싶다가도 아쉬움이 남는다. 내가 좀 더 잘해
주면 좋았을 걸. 그때 내가 왜 모진 소리를
했을까, 따뜻한 밥 한 끼라도 해 줄 걸,
싶은 것이다.

생각해 보면 내 삶은, 지금 내 곁에 있는
사람보다는 나와 아주 먼 이별을 한
사람들의 등짐이었다. 엄마가 나를
짊어졌고, 정답던 내 삶의 이웃들이 나를
지고 살았다. 그들의 힘겨움이 없었으면
나는 살지 못했을 것이다. 감사한 일이다.

꽃에 기대어 살았다

너 지금 행복하니?

어느 날 아침 창문을 열면서 사람들은
너 지금 행복하니, 하고 묻곤 합니다.
나에게는 아직 나의 안부를 묻는 사람이 없습니다.
그런데 정말 나에게 그런 질문을 한다면
대답이 막막할 것 같습니다.

너 지금 행복하니?

행복이 눈에 보이긴 한답니까?
육십 년 넘게 살면서 행복이 뭔지 잘 몰라도,
내가 지금 행복한지는 몰라도,
내게 오지 않은 것들을 오랫동안 기다리며 사는 것도 행복이라면,
그것만으로 나는 행복하다고 여기며 살았습니다.

꽃에 기대어 살았다

늘 그랬듯이 한평생 기다리며 살았습니다.

오지는 않았지만 아름다울 거라 믿으며 미래를 기다리고,

오지 않을 그 무엇을 기다리면서 살고 있기도 하지요.

오늘도 기다립니다.

아무것도 하지 않으면서 기다리는 건 아닙니다.

나만큼만 하면서 기다립니다.

나만큼이 얼만큼인지는 몰라도

그저 허송세월은 하지 않으면서,

노력하면서,

하루하루 열심히 살면서….

미래도 없이 오직 오늘만을 위하는 삶은 불행합니다.

나는 미래를 설계하며 살아서 행복합니다.

너 지금 행복하니?

내가 걸어온 길에게 나는 대답합니다.

응, 행복해!

그런데 외롭네.

고목나무 매미

좋은 날보다 힘든 날 더 많았습니다.

그렇다고 떠나고 싶지 않았습니다.

어느 날부턴가는 나를 보살펴 주게 되었습니다.

사랑해 주게 되었습니다.

큰 고목 옆에 붙어 있게 되었습니다.

감사합니다.

큰 나무 아래 저를 놓아 주셔서….

꽃멀미

민들레 홀씨가 바람 따라 제 흔적 지우던 날
나의 손을 놓아 버렸지요.
그 후로 우리는 지금까지 만날 수가 없었네요.
문득 당신 모습을 본 적은 있습니다.
머언 바람결 사이로 나의 손을 놓던 그 날.
당신의 뒷모습을 어찌 잊겠습니까?
일곱 살 어린 계집아이는 발만 동동 구르며
부유하는 꽃잎만 쫓다가
당신의 뒷모습마저 놓쳐 버렸습니다.
꽃멀미로 쓰러진 그 날은
가장 슬픈 날이었습니다.
당신을 놓친 그 날.

꽃에 기대어 살았다

먼 길 떠나신 임

마지막 인사

이른 아침 별 하나가 떨어졌습니다.

하늘 아래 별이 하늘나라 별이 되었습니다.

"고맙다. 참 맛있게 먹었다."

마른 입술에 침 발라 가며 빵을 드시던 어머니는 아기 같았습니다.

"어머니 잘 지내고 계세요. 다음 주에 또 올게요."

병실 문을 나오는 내게 큰 소리로 어머니는 말씀하셨습니다.

"고맙다."

"네, 어머니 저도 고마워요."

그 인사가 어머니와의 마지막 인사가 될 줄 몰랐습니다

어머니, 고생 많으셨습니다.

이제 모든 고통에서 벗어나

나비처럼 자유로이 훨훨 나세요.

마지막 가시는 길에 함께 손 잡아 드리지 못해서 미안합니다.

안녕히 가시라는 인사도 못해서 죄송합니다

어머니 당신을 많이 사랑해 드리지 못해서 죄송합니다.

이제 모든 고통 내려놓으시고

사랑·축복·행복 다 누리면서 사세요.

세상에는 넘쳐나지만 어머니에게는 없었던 것들.

그동안 저희에게 내려 주셨던 사랑 고이 간직하겠습니다.

어머님 사랑합니다.

안녕히 가십시오.

꽃에 기대어 살았다

먼 길 떠나신 임

참 이쁜 가을

아침 이슬이 꽃잎 위로 내려앉았습니다.

마지막 한 마디 사랑했다는 말 전하지 못했습니다.

동녘 태양 속으로 떠나는

당신 발걸음의 무게를 짐작할 뿐입니다.

아버지 사랑했습니다.

당신 가시는 곳은 외롭지 않고 쓸쓸하지 않고

따뜻한 곳이길 기도드립니다.

안녕히 가십시오.

마지막 손 잡아 드리지 못해 죄송합니다.

참 이쁜 가을날

아버지를 배웅합니다.

꽃에 기대어 살았다

나무야, 안녕!

오늘도 나무를 본다.

어릴 적 놀이터 그 나무는 아니지만

어느 날은 벌거숭이로

어느 날은 짙은 녹음으로

한결같은 모습으로 한 자리에 서서

하늘 아래 나침반이 되는 나무.

나의 기억 속에 나무는 친구였지.

어느 날은 날 안아 주고

어느 날은 엄마를 기다려 준 나무.

꽃에 기대어 살았다

그 나무는 나를 기억할까?

나도 늙고 너도 늙었겠지.

나무가 그립다.

어릴 적 그 나무 대신

봄 닮은 나무와 오늘도 인사 나눈다,

그 나무를 기억하며….

나무야, 안녕!

오늘은 동구밖에 두 팔 벌려 서 있는

나무 친구가 보고 싶다.

먼 길 떠나신 임

생전에 남겨 주신 사랑 감사합니다.
없는 집 시집와서 고생 많아 미안하다고
늘 걱정해 주신 임.
9월 7일 이른 시간 5시
마지막 삶 정리하시고 떠나신 임.
새 세상에서는 풍요로운 만남 이루시길
홀로 가시는 길이 외롭지 않기를 기도로 함께하겠습니다.
감사합니다.
부디 좋은 곳으로 안녕히 가십시오.
어려운 시기에 새로운 인연으로 만나 진심 어린 사랑
듬뿍 주시고 떠나신 작은 시아버님.

스무 살 갓 넘기고 시집온 나에게 애틋한 사랑 주신 임.

끼닛거리 없을까 싶어 작은어머니 몰래 쌀 보내 주시고

애들 뭐라도 사 먹이라고 없는 용돈 몰래

주머니 깊숙이 넣어 주신 임.

그 은혜를 반절도 갚지 못했는데 오늘 머나먼 길 떠나셨습니다.

작은아버님 가시는 그 길이 꽃길이길

진심으로 마음 내어 기도합니다.

못다 한 사랑 작은 어머님 자주 찾아뵐게요.

외롭지 않게 쓸쓸하지 않게

가벼운 발걸음으로 가시길.

3월

3월은 장이 익어 가는 계절

묵은 장독 씻어 내고 고운 물 받아

겨우내 숙성된 메주를 짭조름한 소금물에 띄우는 계절.

금줄 둘러 하늘빛 잘 드는 곳에

고추와 숯을 담아 열어 주던

어머니가 생각나는 3월.

아직은 옷깃 여미는 찬바람이지만

발아래 갈잎 밑에 냉이가

설레는 맘으로 고개 내미는 계절.

작은 꽃잎 피워 내느라 분주한 3월.

어린 숙이는 광주리 옆에 끼고

앙증스러운 손으로 냉이를 캐는 3월.

오늘 저녁은 겨울잠 부스스 깬 냉이 한 움큼 따서
된장국 슴슴하게 풀어 냉이 장국.
숙이의 삶은
언제나 참바람 부는 3월이었다네.
볕 드는 장독대 장 항아리 속엔
무심히 어머니 닮은
달이 떠 있고
별이 쏟아져 내려 반짝이는
장 빛 소금이 오늘도 반짝인다.
3월은 참바람 부는 달.

챙겨 주는 사람

누군가가 가끔 잘 챙겨 줍니다.

잘 지내는지,

춥지는 않은지,

식사는 했는지….

일주에 한 번씩 오는 안부 전화에 주말을 기다리며 지내지요.

하지만 중간에 갑자기 오는 전화는 철렁 가슴을 흔듭니다.

덜컹하며 박동수가 높아집니다.

안 좋은 소식이면 어쩌나.

어쩐 일이냐 묻지도 못하고 잠시 숨을 고릅니다.

또 묻습니다.

잘 지내는지,

춥지는 않은지….

엄마 환갑이라 선물 하나 보내요.
따뜻하게 입으시라고 패딩 하나 사서 보냈어요.
잘 입으세요!

나를 챙겨 주고 보살펴 주는 이가 있어서 행복합니다.
그런데 가끔 잊고 살아요.
이웃들이 생각 없이 하는 말에 상처 받곤 해요.
바보같이.

마음은 공사 중

얼만큼 울어야 속이 풀릴까요?

커다란 양동이 가득 울어 내야

가슴속 멍이 풀릴까요?

하늘만큼 땅만큼 울어 내야

웅크린 등뼈가 펴질까요?

나의 작은 심장 가운데로 큰 고랑을 내어 주면

한 번쯤 시원하게 풀릴까요?

어느 날 한번도 가 보지 않은 바닷가에서

실컷 울어 젖히고 싶은 날이 있습니다.

목구멍 너머로 손을 넣어

울음보를 끄집어내

통곡하고 싶은 날이 있습니다.

앉은뱅이 의자

어둠 내린 하늘은 배가 불룩한 달을 품었다.
구리 문학 나이 드신 분들이 낭송한 시
작은 이야기가 마음 흔들었다.

외롭고도 고독한 심정
보고 싶은 딸 그리는 마음에
눈물 흘리고 말았다.

꽃에 기대어 살았다

나이 들면서 곁에 남을 친구 하나 두는 것이
팍팍한 인생길에 얼마나 위안이 될까?
하나둘씩 떠나는 친구들 사이로
가족들마저 제각기 삶을 찾아 떠난다.
목욕탕 의자 하나
딸이 미국 가기 전 사다 준
앉은뱅이 의자에게 말 붙이며
스스로 달래는 황혼길.
그저 빈손으로 눈물 찍어 내고 말았다.
노년이 슬퍼서는 안 되는데….

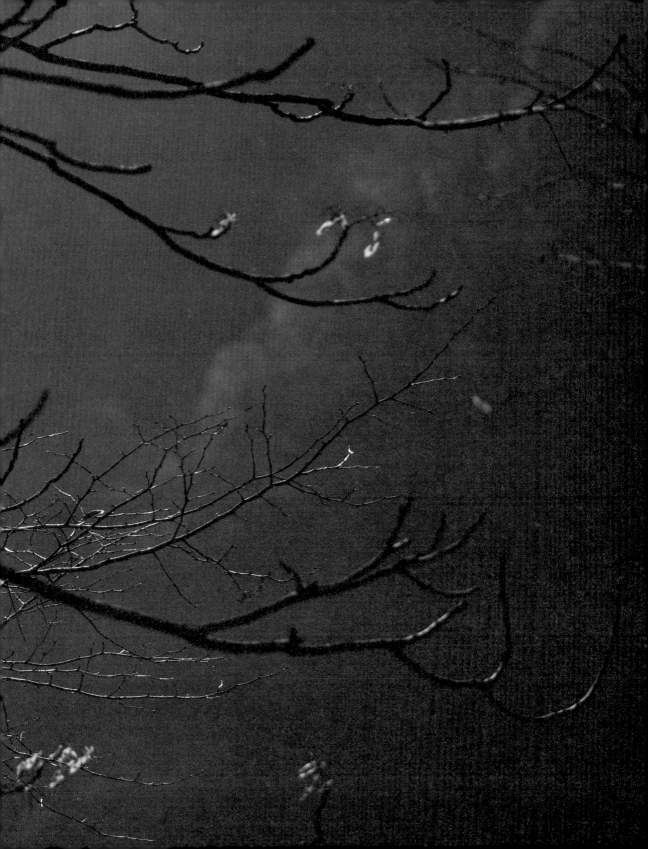

꽃에 기대어 살았다

여백

사진에도, 그림에도 작으나마 여백이 있는데···,

그대의 삶에선 티끌만 한 여백이 없다.

어찌 보면 고마운 일이지.

이제 육십 넘긴 나의 그대여 지금부터 축제라오.

당신의 티끌과 나의 자투리 모아 축제를 합시다.

이제부터 여백을 즐깁시다.

꽃 피는 강산 놀러도 가고,

물소리 들으며 물보라도 만들어 봐요.

우리 빈틈을 만들어요.

혹시 알아요?

이 빈틈에서 꽃이 다시 필지?

꽃에 기대어 살았다

출석부

이렇게 이쁜 날, 일흔 살 넘기고 내 인생 빛나는 날.
그리운 이름, 보고 싶은 이름 불러 봅니다.

명자야!
순자야!
말자야!
그리고 막내 끝순아!
오늘 참 느그들이 보고 잡고나.

내가 꽃단장하던 그날도 못 입어 본 꽃처럼 이쁜 드레스
오늘 입고 영정사진 찍는다.
늙은 신부는 마지막 이름 하나 끝내 부르지 않았다.
그는 오늘도 결석이다.

인생 뭐 있나

이른 아침 산책길

부초꽃이 별처럼 떠 있다.

여름 끝에 제 키보다 커다란 연잎 쓰고

연꽃이 태양처럼 웃고 있다.

인생은 부초꽃처럼, 연꽃처럼 별이 되기도 하고,

태양이 되기도 하며 살아 내는 거지.

오늘은 연꽃처럼 태양이 되어 보자.

별처럼 빛나 보자.

누가 시켜서가 아니라 나 혼자 스스로 빛나 보자.

그렇게 살만큼 살다가 사라지는 거지.

인생 뭐 있나?

꽃에 기대어 살았다